サキクサ叢書第一二七篇

三つの雲

一ノ瀬理香歌集

現代短歌社

序文

大塚布見子

「あとがき」に著者が書いてもいるが、一ノ瀬理香さんが「サキクサ」に入会されたのはまだ跡見女子大の一、二年生の頃であったか、その初々しさは、今も目に焼きついている。以来、「サキクサ」では、「理香さん、理香さん」と呼ばれて、ずっとアイドル的存在であったし、今もそれは変っていない。

しかし、それより三十五年が経っているという。

私にとっても夢のような年月であるが、著者、一ノ瀬さんにとっては結婚、出産、子育てと女性の歩む人生をしあわせに歩んでいたのであったが、突として御主人に先立たれるという不幸に見舞われた。五十歳に満たないうちに人生の幸も不幸も神は与え給うたのである。

しかし、理香さんはその現実の不幸に負けないで、歌を詠み続けて来られた。ここにこの歌集一巻の尊い意義があると思う。

作品を見てみよう。

とこしへを見つむる瞳や雛の眼は吾の未来も知れるごとくに

巻頭の「ひひな」三首の終りに置かれた一首であるが、この雛の瞳はわたくしには、歌を詠み始めたばかりのいたいたしいほどに純粋な理香さんのまなざしに思えるのである。理香さんは常に「とこしえなるもの」に憧れているのだ。

我命《わぎのち》はいづくゆ来しか九十九里のはるけき海境《うなさか》見つつ思へり

そして、九十九里の浜辺に立ち広い広い海原の果たてを眺めながらも己が命の原境を求めているのである。

理香さんは若い頃に結社の賞であるサキクサ賞を受賞している。それは「神苑」と題する二十首詠であるが、理香さんの原点とも思えるもので、純真、清純、純正、純情、純粋のどの語も当てはまるような詠風を持っていると思われる一連である。

ちよろちよろと御手洗《みたらし》に水をひく音の聞こえてここは小さき神苑
歯朶は歯朶八つ手は八つ手の揺らぎみせ風に吹かるる神域の苑
にはかにも若葉の茱萸に日の射して木下緑の世界と変ず
神苑に君とたぐひて来たりしは沈丁花の香のたちこむる頃
長病める君に代はりて日参をせしこともありこれの神苑
メキシコの君がみもとに嫁がむと長き祈りをせし日は遠く
君は今いづくと知らず来む世にも会ふと思はねど幸くいまさね
わが打てる柏手の音ひびかへば神の御耳に届きますかも
うたた寝にきらりと光る御手洗の水の夢見るはたと目覚めぬ

何と清純な詩情——いや歌ごころであろうか。一点の曇りもなく澄み切っている。常に命の根源への憧憬を持ちながら、見るべきものは見て、しかもとこしえを願っている。

空青くひんやり冷たき秋の日が好きなりとわが男《を》の子は言ひぬ
缶を蹴る音近づきぬマンションの前まで吾子の帰り来るらし
ゆまりする吾子の小さき後姿の小首傾げて愛しかりけり
新しきランドセル負ひ子は花の咲ける菜畑の間を行けり
母われと共になせるが楽しきと吾子は数の子の皮を剝きくるる
吾子描きし吾の肖像頬丸く細き目の垂れお多福のごと

一人子との珠玉のような触れ合いを詠んだ作品をあげてみた。ここには、何の憂いもないしあわせな母の姿がある。

伊予柑を食みつつ悪阻を紛らはせ子規論の稿を練りし日もあり
子規論を書きたれば常に熱出だす吾の慣ひは何の故ぞも
読みて書き書きては読める子規君の簡素なりける短き一生《ひとよ》は
子規論を書き継ぐ間に子規君の生きにし齢をわが越えたりぬ

そう言えば、理香さんには「子規覚書」を「サキクサ」に連載して貰ってい
た。これからは又、他の歌人研究など、新しいテーマを見つけて書いてほしい
と思っている。

お子さんの歌をあげたが、一人っ子の理香さんには御両親を詠んだ歌にも佳
品が多い。いくつかあげておこう。

疎開地の春の夕べを懐かしみ母は歌ひき「朧月夜」を

月見ればおのづと口をつきて出る雨降りお月は母好む歌
われピアノに向かへば必ず母の来て「エリーゼのために」を弾けとぞ宣ひき
入院の三日目にして主《あるじ》のごと父は「おお」とぞ吾に声かく
高熱は一夜に下がり病室に国会中継を見てをり父は
入院の父を見舞へば中学生になりたる吾子の事を聞かれぬ

特別のことを詠んでいるわけではないが、日常のさりげない一齣一齣が生き生きとしていて御両親の人間像を新鮮に立ちあがらせている。

このようにこの一巻を読んでくると、わたくしは自然に「思い邪《よこしま》なし」という言葉がうかんでくる。

これは、孔子が『論語』の為政篇に「詩三百、一言もつて之を蔽へば曰《いは》く、思ひ邪《よこしま》なし」と『詩経』を評した言葉による。つまり、『詩経』の詩三百はみな心をありのままに表わして、なんの飾りけもないというのである。この歌集『三《み》つの雲』の著者、一ノ瀬理香さんの歌にはこの言葉がぴったりであると思う。いささかの邪心《よこしま》もないのである。

書きたいことは沢山あるが、これからも歌を詠みつぎ、今は亡きわたくしの夫、大塚雅春の決まり文句であった、「心の凧」をあげていただくことを願って筆を擱く。

平成二十八年　芙蓉峰初冠雪の日に

目次

風の章　二〇〇六年～二〇一三年

三つの雲

土の章

一九八二年〜一九九〇年

二三歳〜三〇歳

ひひな

一体づつ薄紙とりて見る雛の面は昨日会ひたるごとし

小さき口微かに開き白き歯を覗かす女雛は大和美人か

とこしへを見つむる瞳や雛の眼は吾の未来も知れるごとくに

恋ふにはあらねど

バス降りてまづ匂ひくる梅の花越生《をごせ》梅林は五十米先

越辺川《をつぺ》に沿ひて咲きゐる白梅の鈍色帯ぶるその慎ましさ

君と別れ一年半の過ぎゆきて未だ夢に見つ恋ふにはあらねど

師の旧宅

大塚主宰夫妻の旧宅を訪ふ

竹藪がしるべと聞きて武蔵野の師の旧宅をわが訪ねゆく

師の君の旧宅前の畑中に立ちてみたれば尾長よぎり飛ぶ

師の君の詠ましし槻に鳩のゐてくるりその身を一回転さす

師の君と背の君の匂ひしみたらむ旧宅の壁いつまでも見つ

笹群のさはにさやげば通りゆく車の音のうつつともなし

憧れて見れども見れども師の君は今しここには住みて在さず

わが文もかつてはここに入りたるや師の旧宅の朱色のポスト

師の旧宅眼に顕ちやまず熱《ほとぼ》りを電車に乗せて揺られつつ帰る

神苑

ちよろちよろと御手洗《みたらし》に水をひく音の聞こえてここは小さき神苑

日に透けるぐみの若葉にそよ吹ける風に香りのありやと思ふ

神苑の岩と岩とのひまひまに歯朶や八つ手の伸ぶるままなる

歯朶は歯朶八つ手は八つ手の揺らぎみせ風に吹かるる神域の苑

御手洗に浄むる朝々片へなる八つ手若葉の大きくなりぬ

神苑に茱萸のいくもとそのそびら常磐の樫の大き一本

茱萸の木の枝のびのびてお参りの人の頭の上に傘とさしかく

竹垣をめぐらし小さき屋根をかけ祠のませり外宮《そとみや》といふ

にはかにも若葉の茱萸に日の射して木下緑の世界と変ず

神苑に君とたぐひて来たりしは沈丁花の香のたちこむる頃

長病める君に代はりて日参をせしこともありこれの神苑

メキシコの君がみもとに嫁がむと長き祈りをせし日は遠く

君とゐし日もありにけり神苑にひとりとなりし吾のをろがむ

君は今いづくと知らず来む世にも会ふと思はねど幸くいまさね

わが穢れ落ちよと銭《せん》を額《ぬか》にあて胸にもあてて賽銭参らす

神鏡に向かひてあれば安けくてわが祈《ね》ぎごとも忘らえいゆく

わが打てる柏手の音ひびかへば神の御耳に届きますかも

広前に祝詞奏上しをる時白樫の葉のわが髪に落つ

外宮の祠に一礼なすふいに羽音をたてて鳩飛び来たる

うたた寝にきらりと光る御手洗の水の夢見るはたと目覚めぬ

我命

砂風に常吹かるるや海沿ひの松の林は灰の色帯ぶ

ぽこぽこと砂に靴跡つけにつつ渚をさして歩みゆきけり

我命《わぎのち》はいづくゆ来しか九十九里のはるけき海境《うなさか》見つつ思へり

白色に輝く日の輪中空にぎらりぎらりと息つく如し

えごの木

嫁ぎゆくこれの江古田《えごた》はえごの木のあまたありとて名づけられしと

婚約せし君とたぐひて江古田なるえごの木尋《と》めし去年の春はも

君出でし小学校の庭隅にえごの木のあり二もと三もと

柔らなるみどり葉さやに吹かれゐてえごの木下に涼しらに佇つ

鹿の子の角の手触りえごの木の花の蕾はうぶ毛もちゐて

えごの木のみどりの蕾いつしらに白き小花を開き初めをり

みつしりと枝に連なり咲き垂るるえごの白花さゆらぎもなし

えごの木の実のぽつぽつと落つる頃われの嫁ぎの日は近づきぬ

白花の木蓮

幸せのもとゐの年となりぬべしこの年はじめ君と出会ひぬ

君はしも天さし咲ける白花の木蓮の名を吾《あ》に問ひ給ふ

夜の道歩みをとめて木蓮の白き花芽を君と見上げつ

散歩すも映画を見るも歌聴くもなべてたのしゐ君としをれば

幸福の木

幾重にも面に項に白粉を塗られて吾は花嫁となる

鶴舞へる白き打掛装ひて君がみもとへ嫁ぎゆく吾

おはやうと花嫁吾に近寄りて声かくる君けふは新郎

結婚の祝ひに賜びし鉢植に水やりたるかと日ごと聞く君

幸福の木といふ観葉植物を君は「こうちゃん」と呼びて撫でゐる

部屋ぬちの幸福の木に風の来てこくんこくんと頷きてをり

珍しき果実と君の買ひくれし四百円の柘榴の実ひとつ

柘榴の実二つに割りて宝石のやうなる粒を君と食みけり

朝なさな杜をそびらの駅にまで夫《つま》を送るが習ひとなりぬ

明日の分あさっての分と数へつつ夫との朝餉のパンを買ひたり

ふと吾の口ずさみたるメロディーに合はせて君は口笛をふく

わが胎児

おめでたですと妊娠告ぐる医師の声他人事《ひとごと》のやうに吾は聞きたり

胎児とふ三日月形の一点にぴくぴく脈打つ心臓のあり

超音波検査

ぴくぴくと拍動しつつわが腹にまさに宿れる小さき命は

映さるるわれの胎児の拍動は吾が拍動の倍ほど速し

吾子生れて

激痛のはたと止めりと思ひきや吾子《あこ》すつぽりとわが胎を出づ

わが胎を今出でしから生きてある印と赤子のアーアーと泣く

一夜さの痛みに耐へて吾子生るるはまさに予定日午前の七時

乳やらんとするにおちよぼなる口を真一文字に閉づる赤子よ

里にゐて稲光りする真夜中を赤子泣きをりむつき取り換ふ

幼な日に歌ひし童謡をおのづから子に聞かせゐる母なる我は

ぶるぶると唇震はせ泣き哮《たけ》る吾子はかくまで何を怒れる

目覚むれば小さき寝息聞こえ来て我に子のあることの不思議さ

開きゐる赤子の小さき小指にし夫《つま》は指きり拳万をなす

大きくはあらねど父が孫のため釣りたる祝ひの鯛の一匹

乳を吸ふ吾子の小さきおつむりのこくんこくんと頷きてゐる

真夜中に吾子は冷たき両の手をわが胸におき乳吸ひてをり

添ひ寝

一人寝は寒きか夜泣く吾子の為今宵は我の蒲団に寝かす

両腕を真横に伸ばしわが蒲団の大方を占め眠りゐる吾子

泣く吾子ゆ離るれば忽ちその声のひときは激しく大きくなりぬ

饒舌の婦人の顔を見つめゐて吾子は俄かにべそかき始む

父親の太き腕《かひな》に抱かれつつ吾子はきよとんとわれを見てゐる

わが腕に吾子は小さき総身《そうしん》をすつぽり預け乳を吸ひゐる

逆らはぬ赤子のうちが華なりと人に言はれて諾はむとす

五か月の吾子の小さき掌にしつかと刻む生命線あり

川土手

台風の去りたる朝《あした》遠ゆける電車の音のさやかに聞こゆ

鉄橋を渡る電車を見せむとて吾子としばしを川原に佇ちぬ

岩槻の元荒川の土手沿ひを真赤く彩り曼珠沙華咲く

川土手の穂薄のあひを見え隠れ二匹の蝶の縺れつつ飛ぶ

駆けにつつ吾子の握れる猫じやらしの穂の揺れ揺れて童話めくなる

抱きゐる子は川風に吹かれつつうとうとと午後の眠りに入りぬ

秋深き今日よく晴れて家建つる槌音高く聞こえ来にけり

星の瞬き

豆腐買ふと外に出づれば夕空に金星ひとつ瞬きてをり

宵の空いちばん星の三日月に寄り添ふがごと瞬きてをり

群青の空に瞬く星見つつふと生くること寂しくなりぬ

豆腐屋に若しと世辞を言はれつつ買ひ物なせる主婦三年の吾

バナナの「ば」

積木を積めた箱開けられた吾子は最後の「た」のみ言ふなり

積木をしうまく積めない蓋開かない吾子の不満の種の尽きざる

電車は「しや」ロは「ち」にてバナナは「ば」吾子の言葉の総てなりけり

窓の辺にぴたと動かず立ち尽し外《と》の面《も》の雪を吾子は見てゐる

吾子負ひて雪後《せつご》の道を歩めれば雪を指しつつ「き」「き」と喧し

吾子と玩具

自動車の夢を見てゐる吾子なれや真夜にブーブと寝言を言ひぬ

船はボー汽車はポッポ車ブー吾子は乗り物好きの男の子よ

抱へたる玩具の汽車を離さずに吾子は眠りに入りてしまひぬ

寝ねたりと吾子の握れる玩具の汽車とれば直ぐ様とり返されつ

道端に拾ひし小さき棒きれを吾子いつまでも離すともせず

ミニトマト

さくさくと夫が庭砂利踏む音の聞こえてけふは日曜日なり

わが夫は一日をかけてミニトマトししたう胡瓜の苗を植ゑたり

ミニトマトのまだ青き実の鈴生りにつきてその茎重たげに見ゆ

ミニトマトのまだ青き実の艶めきて中なる筋の透きて見えをり

朝には薄ら色づきゐしトマトの玉実夕べに真赤くなりぬ

夫植ゑしミニトマトの実の幾つ生り幼き吾子のお八つとはなる

わが夫の丹精になるミニトマト吾子の小さき手に相応しき

わが庭に初に生りたる一本の胡瓜を夫と味噌つけ食みぬ

梅雨晴れの明るき朝新調の背広に夫は袖を通しぬ

火の章

一九九〇年〜一九九七年
三〇歳〜三七歳

月と吾子

ひむがしの夜空に照れる半月を指さし吾子に教へたるかも

吾《あ》も吾子も生まるる前の太古より月ありしこと思ひみるかな

月の兎子に教へつつわが想ひふるき国へと誘はれゆく

いにしへの歌人《うたびと》も見しこの月の今を照らして夜の空にあり

むら雲に見えつ隠れつゐる月をじつと黙して眺むる吾子は

月見ればおのづと口をつきて出づる雨降りお月は母好む歌

幼日に聞きたる雨降りお月さん子にしみじみと歌ひきかする

半月ゆ日ごとに吾子と見し月の今夜《こよひ》は満ちぬ大きまろ月

紫

紫の桔梗は夏の日ざかりを咲きつぎにつつふた月を過ぐ

七つなる祝ひにわが着し紫のぼかしの染めの忘れえなくに

七五三の祝ひに紫着し日よりわが好みなる色となりけり

何がなし悲しき夢に目覚むれば月のわが身を照らしてをりぬ

わが見たる悲しき夢は天つそら照る望月の贈りしものや

みな人の眠れる真夜の天つそらそれの真中に望の月照る

水底の魚の如くに眠らむか望の月かげわが身を照らす

吾子のおはなし

これは何にわが答ふるやどうしてなの二歳の吾子の疑問は尽きず

黒き色のチューリップをば吾子はしも葡萄と同じ色なりと言ふ

母われに二歳の吾子は積木もて宇宙空間を作れと言へり

吾子の言ふ動詞の否定食べるない行くない着るない歯を磨くない

行くないと言ひかけし吾子数秒を黙りて後に行きくないと言ふ

主語述語修飾語さへ加へつつ二歳の吾子の話は正確

蒲公英と鳩

点々と黄の蒲公英の咲く土手の向かうは広き野面《のづら》なりけり

ここに来て三年になるに広ごれるこれの野面を知らざりしかな

蛭田とふ名を持つ野にし今日は来て子と蒲公英の絮毛吹くなり

子の吹きし蒲公英の実は茜さす夕つ日影をふはふはとゆく

無造作に吾子持つ絮の蒲公英の崩れむとしてなほ保ちをり

蒲公英を摘みつつ行けるこの野面後ろの土手は遥かになりぬ

そちこちの電線に鳩のとまるらしポッポポッポポと鳴く声続く

鳩の鳴く声はとぎれぬ部屋ぬちに穏しき春の日は差してをり

ポッポとは誰が言ひけむ鳩の声春日に融けてやはらに響く

招待状

行書体の筆文字ゆかしき一通の文の届きぬ古き友より

久しぶりにお出掛け下さい書展への招待状を友より賜びぬ

上野なる美術館に伴ひて君の書作を観し日は遠し

かの日のごと君は書の道歩めるにわが生き様はいかにと思ふ

子を持てる我には行かれぬ書道展の招待状を幾たび眺む

わが胸の乳房の辺りを弄りつつ幼き吾子は眠りに入りぬ

眠りゐる吾子の小さき手を見つむこれのおよびで悪戯なすか

寝覚めたる幼き吾子の片頬にシーツの柄の跡のつきをり

流しびな

わが住みて四年のこの町岩槻に春の行事の流しびなあり

夫と子とうから揃ひて春浅き岩槻の町をそぞろ歩みぬ

白梅に紅梅なべて咲き揃ひ夫子と歩むこれのしあはせ

元荒川の岩槻橋を東《ひんがし》に渡り来たれば城址公園

江戸の代ゆ人形作りしこの町に流しびな催すは五年前より

わら編みの円形船に女男《めを》の雛一対をのせ水面に放ちぬ

手を伸べて水面に放ちしわが雛の岸に漂ひ離るるとせず

祈《ね》ぎ事を雛に託して流せよとアナウンスあり何を祈らむ

賜りし雛を流さで手に持ちて吾子はわが家に帰り来たりぬ

紅色と青の女男《めを》なる紙人形を吾子は指さしパパママと言ふ

立春前後

餅搗きの機械につかれゐる飯《いひ》のみるまに滑らの餅となりゆく

餅搗機につかれゐる餅を子は見つつお餅が暴れてゐるよと言へり

子は小さき拳ふるふや鬼は外と言ひて豆をば撒きにけるはや

裏庭の砂利に混じりて昨夜《よべ》まきし節分豆の日を浴みてをり

冷えまさるこの夕つ方隣家ゆ煮物の匂ひの漂ひきたりぬ

二十日まり早かる春の一番に庭の白梅にはか綻ぶ

咲き初めし梅の香嗅がむと思ひつつ見やるのみにて一日の過ぎぬ

昨日開きし白梅に朝の日の差して氷のごとく光りてをりぬ

人形の町岩槻に夕刻を告げて流るるひなまつりの歌

吾子のお手紙

終日を原稿用紙に子は向かひわれに手紙を書きくるるなり

餡饅を明日には買ひて欲しきとぞ吾子の書きたるわれへの手紙

吾子の書く手紙はなべて好みなる甘き食べ物を欲しといふもの

ブルブルーといふ名の鳥の真夜中に現れ出づると言へる吾子はも

クレヨンの一筆書きに吾子の描く真夜中の鳥は怪しからずも

ゆまりする吾子の小さき後姿の小首傾げて愛しかりけり

雨　音

寒ゆるむ真夜を目覚めてぽつぽつと降りはじめたる雨の音きく

真夜なかに降りはじめたる雨音をききつつ昨日《きぞ》のあたたかさ思ふ

真夜中に雨音ききつつ昨夜《よべ》に子と約束せしこと思ひつつをり

雨音をききつつ思ふ結婚のために退きたる大学院のこと

雨少し小降りになるやぽつつんと軒に滴の落つる音しぬ

春浅き真夜の雨音優しきと聞きつつふたたびまなこを閉ぢぬ

よべ降りし春のしぐれのけさは霽れちろちろ捌《は》けの水の音する

月見

雲払ひ月よ来よとて仲秋の名月の夜にすすきを供ふ

秋虫の声の忙しき名月の夕べ団子のもちをつきをり

忙しくも団子を丸めゐる吾に月が待つてゐるよと子の言ふ

蒸し上りし上新粉の餅をふうふうと手にとりお供へ団子を作る

黒々と影になりたる雑木々の上に明るき満月のあり

群雲のいつしか消えて暗みたる空にぽつかり望の月浮く

年ごとに名月仰ぎてこの月の月と朗ぜしわが母思ほゆ

仲秋の名月はしもいや空の高みに昇りて白き光《かげ》ます

家うちの灯火を消せば青白き月のひかりの座敷にさし入る

元荒川　東宮橋

小春日のよき日和なり夫と子と吾の蒲団をなべて干したり

空澄める秋晴れの今日ベランダに蒲団を干せる家の多きも

空青くひんやり冷たき秋の日が好きなりとわが男《を》の子は言ひぬ

秋の日の澄みて冷たき気を好む子の感性はいつよりのもの

岩槻のここ元荒川の東宮橋にふるさと歩道と立て札のあり

東宮橋のま中に立てば川下を今し野田線電車の行けり

元荒川を今し渡れる単線の野田線電車は六両編成

川の瀬に幾匹泳ぐ大鯉の底なる土と同じ色せり

四年前二歳の吾子とこの橋に来し日も澄める秋の日なりし

吾子の入学

連れ立ちて夫と歩める道の辺に紫木蓮の花咲きてをり

木蓮を見れば思ほゆそれの名を問ひし婚約時代の夫を

入園式に欠席せし子は二年を経て今日入学の式に臨めり

校門を入れば花壇に黄水仙白のパンジー咲き合ひてをり

スーツをば着て入学の子の列に並べる吾子の小さかりけり

華奢なれる吾子の着にけるスーツはも鎧の如く重々と見ゆ

二番目に呼ばれし吾子は甲高き声にてはいとぞ応へたりけり

配られし親への学校便りをば吾子はすかさず読み解かんとす

新しきランドセル負ひ子は花の咲ける菜畑の間を行けり

お空の階段

お空にはいつぱい電球のあるといふ吾子は夜空の星を指さし

朝の空に浮かべる羊の雲見つつお空の階段なりと子は言ふ

お空なる雲の作りし階段をお日さまだけが昇ると子の言ふ

ジジジジジは暑いよミーンは涼しいよ蟬の鳴き声の吾子の翻訳

法師蟬の声を聞きつつ子は言ひぬ鳴く練習はもういいようと

散歩せる小犬を見つつ子は言ひぬ小さきものはちよこちよこ歩くと

風渡る桜の木末はお日様に近いからきつと暑いと子の言ふ

夏雑詠

尺ほども未だ伸びざるコスモスに小さき小さき花咲きにけり

補助輪の音ガラガラとたてにつつ我が自転車につきくる吾子は

風のなく蒸したる夕べ　わが庭に白粉花の匂ひたちこむ

かなかなと鳴く蜩の聞こえ来る厨に胡瓜を刻みつつをり

諸蟬の声賑はしき夕つ方ひとときは高く鳴けるかなかな

遠鳴れる打上げ花火の見ゆる方を捜さんとして夜道を巡る

さ緑にぱつと開ける大花火吾子はメロンの如しと言へり

参道にどんより点る灯籠の小暗き奥の宮まで続く

夢に見し薄暗がりの世なりとも思ひて歩む夕べの参道

水の章

一九九九年〜二〇〇四年
三九歳〜四四歳

大塚雅春著　小説『日蓮』に寄せて

日蓮の生涯脳裏を離れざる薄命の人由良姉さんは

寡婦といふ己が宿命を宜ひて生くる日妙尼匂やかにして

一途にて頑《かたくな》なれるをみな子の雪野は我に似ると思ひつ

足立たぬわが子を抱き泣き暮らす雪野に我の来し方を見たり

吾子の饒舌

今晩の御菜は何とわが男《を》の子厨に来たりて鍋を覗ける

母われと共になせるが楽しきと吾子は数の子の皮を剝きくるる

飯を盛り御菜の器をいそいそと卓に運べるわれの男の子は

口を閉ぢ物を嚙めよと教ふれば吾子はますます大き口開く

吾子描きし吾の肖像頰丸く細き目の垂れお多福のごと

お母さんの得意の技はお握りを作る事ぞと吾子は言へるも

缶を蹴る音近づきぬマンションの前まで吾子の帰り来るらし

悪しきことの中にも一分の良き事のありとぞ言へる十歳の子は

赤子なるうちが華とは誰が言ひし吾子の饒舌聞くは楽しゑ

師の君の歌の桜

今日はとて電車に乗りて師の君の歌の桜に会はんとぞ来つ

商店街を抜けて出でたる川の道並木の桜は今し満開

雨あとの夕映えあはくと誦《ず》しにつつ桜ま盛る真昼間を行く

川沿ひの桜はなべて傾きて流れに深く枝をさし伸ぶ

雪降れる如くに桜の花びらの散りてわが行く道を埋《うづ》めぬ

ほのかにも淡き桜の香のたつや花散りやまぬ木下を行けば

あまたなる桜花びら小《こ》流れの上なる宙を吹かれゆくなり

川の面に浮ける桜の花びらの流れに乗りてゆるゆると行く

咲き盛る桜木下を行く人らゆるゆるとして時に歩《ほ》を止む

子規の言の葉

大学院に戻らむといふ願ひはも常の生活に忘れゆかむか

学問を諦めたるにはあらねども君との結婚を吾は選びし

伊予柑を食みつつ悪阻を紛らはせ子規論の稿を練りし日もあり

胎の子が生れなばいづこへも連れゆけと午睡の夢に子規の言の葉

子規論を書きたれば常に熱出だす吾の慣ひは何の故ぞも

読みて書き書きては読める子規君の簡素なりける短き一生《ひとよ》は

子規論を書き継ぐ間に子規君の生きにし齢をわが越えたりぬ

音楽に寄す

わが幼き日に届きたるオルガンに初めて弾きしはお片付けの歌

若かりし父に初めて教はりしロシア民謡「カチューシャの歌」

疎開地の春の夕べを懐かしみ母は歌ひき「朧月夜」を

われピアノに向かへば必ず母の来て「エリーゼのために」を弾けとぞ宣ひき

急ぐ勿れ慌つる勿れとアルペジオばかり弾かされきギター入門の頃

片仮名を原語に振りて声楽の試験に歌ひしハイネの恋の詩

ベートーベン「御身を愛す」はわが理想の愛とは思ひて歌ひたりしよ

なかなかに寝ねざる吾子にわが知れる限りの月の歌うたひやりしよ

四歳に漸くなりし吾子を連れ行きたる演奏会「セロ弾きのゴーシュ」

かつて母のしばしば歌ひゐし「はるかな友に」をわれもママさんコーラスに歌ふ

雑といふ文字

一番の寒さになるとふ予報聞くあした風邪引きの吾子出掛けゆく

受験日の朝の夢に吾子笑みて打出の小槌持てるを見たり

半年後に吉き事あらむとふ言の葉のまにまに吾子の中学合格

卒業の記念に好める語句なりと子は揮毫せり雄といふ文字

入院の父

風邪なるにゴルフをなして湯も浴みて遂に父はも肺炎となる

二十年前にあと十年働かむと宣ひし父今も働く

入院の三日目にして主《あるじ》のごと父は「おお」とぞ吾に声かく

高熱は一夜に下がり病室に国会中継を見てをり父は

入院の父の天然パーマなる髪伸びもつさり膨らみてをり

入院の父を見舞へば中学生になりたる吾子の事を聞かれぬ

重なれる疲れ癒えしか入院の父の瞳の何がな明るし

病棟の上階の窓ゆ見霽かす青葉茂れる大き公園

病院に父を見舞ひし半時を雨過ぎぬらし路の濡れをり

明治御苑

代々木とふ地の名ゆかりの樅の木の明治神宮参道に立つ

大正の世にし植ゑられ深々と今に茂れる神宮の杜

新緑の香り零るる神宮の杜を行きつつ深く息吸ふ

巻きにける菖蒲の蕾の紫のその濃き色よとどめおきたし

紫のあまた花咲く菖蒲田にひときは白きは初霜とふ花

神宮の杜奥深くひそやかに水を湛ふる清正の井は

屈まりて澄みたる水を湛へゐる井戸の底方《ひ》を覗きみむとす

井の底は静もりてありちろちろと溢るる水は何処ゆ湧くや

頭の上の森を映せる井の中を覗けば逆さの世界もう一つ

子規庵

子規君の没後百年従軍せし大連に句碑の建ちたりと聞く

子規没後百年にして根岸庵に絶筆三句の碑《いしぶみ》の建つ

裏木戸を潜りて庭に廻りたり勝手知りたる子規の庵《いほり》や

糸瓜忌を過ぎて来つれば子規庵《しきあん》に花色褪せし鶏頭幾本

縁側にゐざれる子規の写し絵の大方髪抜け目のみ大きも

子規庵の病間《ま》の玻璃戸ゆ糸瓜棚に大き実一つ垂れゐるが見ゆ

子規君の魂や迎へむ硝子戸の曇り一つなく磨かれてあり

夜さらば今も電車の聞こゆるやビルに囲まるる根岸子規庵

吾子の成長

寒からむと調へやりしジャンパーを着もせず吾子は出掛けゆきたり

寒き日の遠足なれば温き茶を持たせむとすに冷たきがよしと

京葉線葛西臨海公園の駅に吾子らは着きたる頃か

集合も解散の場所も現地にて吾子らの遠足常気儘なり

ポケットゆ何やら紙切れを取り出だし吾子はそそくさ自室に下がる

身の丈はまだ及ばねど吾子の手も足も吾より大きくなりぬ

もみぢ手に石鹼をつけ洗ひやりしは幾年前か吾子の幼な日

反戦の希ひ

今の世に報復を是とする倫理の残れりとはわが思はざりしを

再びを繰り返すまじと戦争を放棄しにけるわが国ならずや

平和呆けしてゐしと言ふ人のあり地に戦ひの無かりし日ありや

わが安寝《やすい》せる間も彼の地は弾丸の降れるを思へば切なきものを

バグダッドの幼な子二人窓越しに爆撃さるる彼方見てをり

報道写真

如何ならむ理由ありとも戦争は人死に悲しき犠牲生むこと

日に日々に平和解決祈りしに遂に始まるイラク攻撃

攻撃は止むを得ぬとぞ言ふ人の心を掻き割り 真《まこと》聞きたし

わが同じき希ひに反戦運動の広ごる聞けば胸熱くなる

如何なれる心か知らね戦闘に駆り出されゆく米兵あはれ

己が神を信じて負けぬと闘へるイラクの民のあはれなりけり

日を受く

日に向かひ大きく息して眼閉づわが生きてあるこれのこの時

まな裏に日を透き広ごるオレンジの光の世界にわが遊びをり

建物の犇く町を縫ひて差す日の光をば追ひて散歩す

町の中日当り求め歩む時常に出づるは川沿ひの道

散歩して日陰ゆ日向に出づる時みる間にこの身の解れゆくかも

丈高きポプラの木末のその上に日輪はありわが身を照らす

池の面に日を受け耀ふ細波《さざ》は千の小鳥の飛び立つる如

月長石とアンモナイト

その和名月長石とふ磨き石透きて内部の青く光れる

手の平に月長石を転がして変はれる色を楽しみ見たり

満月の明るき光を浴みにつつ月長石は柔く光りぬ

月長石と言へるこの石月光にかざせば互みに何語らふや

月長石を握りて寝《い》ぬれば満月の夜空に天女の舞へる夢見つ

望の夜に月長石を含みつつ恋の行方を占ふと言ふ

古書店街祭りの出店に飴色のアンモナイトの化石を求めぬ

磨かれし化石のアンモナイトはも筋目に虹の色光りをり

永き世を経りて鉱石と化しにけるアンモナイト今わが手の上に

出店にてわが購ひし化石三つ締めて四千円は高きか安きか

風の章

二〇〇六年〜二〇一三年
四六歳〜五三歳

アンマに会ひに

亡き夫《つま》を見送りて後印度よりアンマ来たりぬ会ひに行きたり

ふくやかなアンマのみ胸に抱かれて愛しき娘と声かけられぬ

友どちの七人集ひて輪を作り吾と夫のため祈りくれしよ

夫送り幾日も経たぬに次々と人の誘ひの嬉しくもあるか

マグダラのマリアなれとぞ吾に夫は逝ける前夜に言ひ遺しけり

亡き夫のかつて通ひし大学の教会にふと行きたくなりぬ

聖イグナチオ教会の聖堂に木の香り満ち明かき日のさす

ベランダに育てしローズゼラニウムの初花咲ける日夫の逝きけり

鶯の鳴き声に合はせ口笛を吹けりと夫の遺ししメモあり

夫逝きて幾月

亡き人は千の風になり大空を飛べりとふ歌に慰めらるる

突として夫逝きし日の前の夜に海豚《いるか》の空を飛べる夢見つ

逝きにける前日に夫は理容院眼鏡屋病院と忙しく巡りき

夫逝ける前日にして東京湾に二重の虹の掛かかりしと聞く

奥多摩の山を経巡りその帰路の車内に突とし逝ける夫かも

夫逝きて幾月経しか指折らず一日一日を重ね来しかも

子の無くば夫亡き今は吾が生に縋る思ひの一つとてなし

如月の日差し明るき今日にして鎮守の杜に詣でむとする

小暗かる鎮守の杜に木洩れ日を集むる一処黄泉に通ずや

吾子のこと

十代の若きに突と父親を亡くしし吾子の心如何なる

父親を亡くしし後も何一つ変はる事なく通学する吾子

友どちの遊びに来たりてにこやかに笑へる吾子を見れば安堵す

高校を卒業するや翌日には日本縦断に旅立ちし吾子

日に一度のメール途絶えて今日吾子は何処の空の下を旅する

マリンバの稽古八年吾子は今日ステージに立ち演奏しをり

先輩に混じりてステージにマリンバを叩ける吾子の顔強張れる

亡き夫も共に見ますやステージに演奏なせる吾子の姿を

終演後ホール出口に聴衆を見送る吾子のはにかみてをり

「火」　独りの年越し

火の宮の射手座に生れし吾なれば怖るることなく生きむと思ふ

夜の空に赤く大きく瞬くは戦ひの神火星《マース》なるかも

御札焼く火はぱちぱちと爆ぜにつつ大晦《つごもり》の夜は更けゆく

願ひ事を書きたる札を火の中に投じて祈りぬ新年の幸

子を旅に出だして独りの年越しをなせるも二度目となりにけるかも

温泉に身を浸しつつ独りなる元日の贅を楽しみてをり

クリスマスイヴに吾子はも旅立ちて松過ぎやうやう帰り来たりぬ

吾が吾子を思ふが如く父母《ちちはは》も吾を思ふかかなしくもあり

五月の日に

青葉生ひ日差し明るき五月の日に君は突とし逝きましにけり

戒名は慈善院青山秀研居士青き山にて逝きし君かも

「最後の日に」といふ詩を遺し自らの願ひのままに山に逝きしか

前の夜は共に映画など見たりしを朝山に発ち還らざりし君

山桃忌大学の恩師また夫の忌日の続く吾の五月は

亡き君の吾に遺しし贈り物は君を失ひし悲しみにあり

亡き夫に寄せくるる人の好意さへ時に胸刺す刃となりぬ

一生は瞬きの間なりと人言へどあまりに永き瞬きにあり

ふと今を幻のごとく思はるる一瞬のあり夢なら覚めよ

枇杷の花咲く

幼な吾子の願ひに埋めにし枇杷の種鉢に育ちて枝葉繁らす

新しき葉の出できては古き葉を落としつつ枇杷の木徐徐に伸び来つ

子は長き旅に出でたりふと見やる鉢なる枇杷に花の咲きをり

クリスマスに近き寒き日長年を鉢に育て来し枇杷に花咲く

小さき手に幼き吾子の植ゑしより十七年経て枇杷に花咲く

初に見る枇杷の花はも生成り色の目立たぬ小さきが集まりて咲く

生成り色の小さきが集まり咲く枇杷の花はもポップコーンの如し

鉢に咲く花の香嗅げば紛れなく枇杷にありけり甘き香のする

鉢に生《な》る青き枇杷の実数ふれば一二三四《ひいふうみいよ》八つなりけり

小さきうちに摘果せよとぞ言はるれど惜しくて摘めず鉢の枇杷の実

実生にて鉢に育ちて結びたるこれの枇杷の実未だ青しも

青く小さき鉢の枇杷の実いつしかに大きくなりたり五月の半ば

生りにける枇杷の青実にそと触れて摑みてもみつ未だも硬し

うつすらと青みを残し黄金《こがね》にぞ色づきにけり鉢の枇杷の実

小さくも鉢に結びし枇杷八つ欠くることなくなべて色づく

黄金色に熟れたる鉢の枇杷の実を捥がむとすれば柔き手応へ

吾が鉢に育てし枇杷なれ皮剝けば汁の滴り瑞々しかる

お台場海浜公園

二ん月の温とき日なり何がなし来たるはお台場海浜公園

人工の浜にはあれど小さくも寄せては返す波しかとあり

人工の渚の水は二ん月の柔き日差しを浴みて光れる

人工の渚の水を舐めみれば紛れもあらぬ潮の味する

人工の渚の水にそと手をば浸すや俄かに波の騒立つ

人工の渚の向かう今しがた渡り来たりしブリッジの見ゆ

レインボーブリッジを背《そびら》に幾度も互ひを撮り合ふカップルのをり

亡き夫とかつて見たりしお台場の自由の女神は今も変はらず

吉野山

吉野山奥千本口に白々と咲ける一本戸《と》開桜《あけざくら》とぞ

一本の戸開桜を後にして吉野の山の奥に入りゆく

山の奥の社《やしろ》に続く石畳を踏めるや日差しに目のくらみたり

俄かにも風立ち行く手の杉木立の大揺れに揺る我を拒むか

時にして木々を根元ゆ揺さぶれる強き風立ち足のふらつく

直ぐ立てる杉を左右に揺さぶりて轟轟と吹く山の風かも

吉野山の奥に桜のはつか咲き向かうに見ゆるは西行庵か

吉野山の奥なるここな西行庵水湧く音の絶ゆることなし

三つの雲

夕つ方黄金《きん》に輝く日の片方《へみ》三つの峰なす雲の浮きをり

峰三つ連なる雲は亡き夫と吾と吾子かもなぞらへ見をり

連なれる三つの雲の後《しり》雲は亡き夫なるか小《ち》さくなり来ぬ

連なれる三つの雲の後へ雲小さくなり来て今消えむとす

消ゆるかと見えし後への小さき雲前なる雲とまたもつながる

連なれる三つの雲の中の雲前後の雲に付きつ離れつ

連なれる三つの雲の前雲《さき》は吾子かも小さき雲を生みたり

夫逝きし日もかく大き夕つ日をこの街川の辺《ほと》りにぞ見き

地震の後

地震《なゐ》の後電車のなべて止まりゐて帰る術《すべ》なし都バスは来むや

地震の後待ち待ちをれどバスは来ず環状七号上馬《かみうま》交差点に

一向にバスは来たらず頭上にはヘリコプターの飛びゆき忙し

これまでとバスを諦め環七をどこまでも歩き帰らむと決む

余震続き帰宅急げる沿道にファミレスありて人入りてをり

黙々と歩けど未だ世田谷を越え得ず遠し吾家への道

四時間余歩き歩きて高円寺に至りつ短歌新聞社あり

大き地震ありて幾日ぼんやりと家内に籠り過ぐしたりけり

未曾有なる大震災を現《うつつ》とは思ほえず身は現に重し

六度目の春

夫逝きしは五十三歳六年《むとせ》過ぎ吾もその年に近づきて来ぬ

夫あらぬ桜の季節を初めての二度め三度めと数へ経に来つ

いつの間に年は経にしか夫あらぬ春を過ぐして六度めとなる

夫逝きて六年の過ぎ来し長きかも吾子成人し吾は職を得し

夫逝きし次の春には姑の逝き辛く厳しき日々の続きし

この年も亡き夫思ひつつわが町の川辺に咲ける桜見てをり

わが肩の先を掠めて一片の桜花びら落ちゆきにけり

散りて来る桜の花弁を摑まむと男の子は高く諸手さし上ぐ

咲き満つる桜木下に乳母車を停むる人あり赤子に見するや

遇へらくよしも

みんなみに上り来れる望月の今宵ひときは大きく見ゆる

一際に月輪大きく見えゐるは常より地球に近づきゐる故

この年の立夏の大き月読はスーパームーンとぞ遇へらくよしも

立夏過ぎそよごの木陰ゆ飛び出づる揚羽蝶はもわが亡き夫か

上へ下へ羽撃き忙しく飛びてゐる蝶の平衡感覚や如何に

午後三時俄かに翳り向つ家に外灯ぼんやりオレンジ色に点る

雷雨止めどまだ風強きに鳥どちの戻り来りて囀り始む

羽越本線を行く

友の住む新潟ぞここ初めての裏日本なり息深く吸ふ

新潟駅を出づるや早も見え来たる越後平野に広ごる水田

幾つもの短き隧道抜けにつつ列車は北へ北へと走る

そのかみの汽笛の如くひゆうといふ警笛聞きつつ運ばれい行く

常食ぶる煎餅の会社はあれなるか越《こし》行く車窓ゆ看板の見ゆ

雪解けの水に襁褓を洗ひしと友詠みし里村上を過ぐ

反対の車窓に何時より見えゐしか鈍色に沈む日本海あり

日本海の沖辺に霞むぬばたまの黒き島はも佐渡にあらずや

わが列車のあつみ温泉に差し掛ればば曇れる空の明るみて来ぬ

粟島

松島の虹

歌枕を巡りつつ見つそちこちの塀に津波の染み残れるを

そのかみは栄えしといふ多賀城の今は礎石を残すのみなる

多賀城址

政庁に登る大路の石畳に百官並みて跪きしとふ

城跡ゆ丘の起き伏し見え渡りただ旅人の声のみ響く

子規君も芭蕉も来たりし陸奥の壺の碑《いしぶみ》の前にわが立つ

雲の間はつか開くれば松島の海面日を受け光り初め来ぬ

雲がかる中空はつかに明るむやうつすら短き虹の生れたり

とつぷりと水を湛ふる湾見つつ何故涙の溢れ出で来る

雨霽れて黄金の夕つ日差し来りいよよ吾らが出航の時

魂の章

二〇一三年〜二〇一六年
五三歳〜五六歳

出雲の旅

梅雨晴れの青空のもと降り立つはここ「出雲縁結び空港」

大国主命の像の肩先ゆ真直ぐに立てる筋雲の見ゆ

聳えたる大社造りの神殿の千木高知るとはまことこれなる

葺き替へて空にそり立つ大社《おほやしろ》の檜皮の屋根の匂ふばかりぞ

許されて罷り入りたる瑞垣の内に本殿を間近に拝す

本殿と摂社末社の千木並めて天をさしゐる出雲大社《いづもおほやしろ》

夕つ日を追ひて島根半島の西の果てなる日御碕《ひのみさき》に来つ

初に見る蜆に名高き宍道湖は鈍色の水湛へて広し

中海に沿ひて島根半島をわがバスは東へ東へと行く

美保神社の鳥居の前に潤目鰯を広げ干しあり魚の臭ひす

そのかみは栄えしといふ美保関港を見下ろし美保神社あり

大きくはあらねど古きこの宮居床しき比翼の大社造りなり

国譲りを諾ひしから海中に隠れ給ひし事代主神《ことしろぬしのかみ》

岬端《さきはな》にバス待ちをれば媼来て一人は寂しくなきやと問はるる

松江より乗りたるバスは里山を縫ひて南へ南へと行く

山一つ越ゆれば田にして此処彼処《ここかしこ》湯気か煙か立ち上りをり

ここ須賀は須佐之男命《すさのをのみこと》が「吾が心すがし」と新宮建てにし所

須佐之男命が建てにし八重垣は須我《すが》神社とて今に残れる

御祖社《みおやしや》に上る小暗き杜の道倒木一つ大蛇《をろち》と見ゆれ

「八雲立つ」と吾が詠ずれば宮杜に風の吹き来て木々の葉さやぐ

冬の夕つ方

夕つ日を追ひて小さき街川の辺《ほとり》を西へ西へと歩みぬ

街川の上なる空に大いなる夕つ日黄金《きん》に輝きてあり

夕つ日をしまし見つむればわが眼には黄金の光の赤紫となる

冬寒き今日の川水少なくてところどころの薄く凍れる

裸木の冬の桜は小流れに枝さし伸ばし静かなりけり

裸木の冬の桜の川水にさし伸ばす枝のはつか揺れをり

薄紅に咲き盛りゐし日にもこの桜の下に物思ひし吾かも

咲きて散り葉を茂らせては散りてまた咲ける桜の一生《ひとよ》を思ふ

橋の上に夕つ日見をれば川上の老人ホームの屋根に沈みぬ

石神井川

小学校六年間の日日《にちにち》をランドセル負ひかの川渡りし

濁りゐて臭きが川と思ひなし石神井《しやくじゐ》川を日々に渡りき

同級の友のをかしき話をば聞きつつかの橋渡りし記憶

少女の日に過ぐしし地をし訪ぬれば地下鉄通りて便利になりゐつ

地下鉄の駅の出口の案内板に母校「開進第四小学校」の文字

そのかみと同じき黄色の通学帽を被れる子らの川沿ひを行く

四十年ぶりに訪ひたる石神井の川水澄みて底ひ見えをり

「羽沢橋」「はねざわばし」と橋の名の彫られてありぬ往にし日のまま

少女の日に通ひし橋の上に立ち春日に煌く川面見てゐき

河童の出で湯

玉くしげ箱根湯本の出で湯宿その名をかしき「かっぱ天国」

温泉の宿に一人し泊まりゐて何思ふなく過ぐす幾日

露天湯のほとりに見ゆる人らしきは女《をみな》の河童の座像なりけり

双乳《もろちち》の豊かに張れる河童像背なに緑の甲羅を負へる

尖りたる口に笑まへる河童像の眼差し遥か彼方見てをり

日の陰る露天の出で湯に湯煙の立ちゐてここは別世界なる

露天湯の巡りに置きある数多岩の一つが狐の横顔に見ゆ

露天湯の巡りに積める岩々に恵比寿と鯛に見ゆるが並ぶ

神池の亀

大宮の氷川神社は武蔵国一の宮にして須佐之男命を祀る
そのかみの出雲族はもはるか東に移り来て己が神を祀りし

正装し初宮参りに吾子を連れここに来たりしは四半世紀前

宗像社を祀れるここな神池に飼ひゐし亀を放ちし日もあり

子亀より飼ひ育て来し二匹をば涙ぐみつつ放てり吾子は

神池に棲める亀どちわが亀のいづれと分からねど健やかにあれ

土地神の宿ると言へる神池の岩場に亀の動かずにをり

大宮の氷川神社の池にして亀のあまたがゆうるり泳ぐ

芸術の弁財天女に健やけく歌詠まさせ給へと祈りたりけり

宮島紀行

憧れて遂に来たれり安芸の国潮《うしほ》に浮かぶ厳島神社に

日の光の海面を反し回廊の壁にちらちら揺れて映れる

夕つ方厳島神社の回廊を渡れる人の影長く引く

八角の御心鏡を覗きたれば思はぬ白きわが面映る

大聖院

金剛界曼荼羅の額を撮りてゐる吾の曼荼羅に写りてをかし

空海の世ゆ燃え継ぐとふ火に沸かす湯をし含めば炭の匂ひす

弥山なる頂を越えなほ深く分け入りて来つ御山《みやま》神社に

山裾の厳島神社を見下ろして三女神在すここな奥社に

朝まだき社殿の方にひたひたと水皺寄せつつ潮の満ち来ぬ

石神井池と三宝寺池

一面に細波《さざ》立つる石神井《しやくじゐ》の池面見をれば水の匂ひす

入りつ日は雑木の間に燃えてあり池面に黄金《きん》の光《かげ》を流して

池の辺に瓦の屋根の門構へ如何なる人の住みて在すや

白鳥のボートを浮かべ　水を掻く音のみ響く石神井池に

日は沈みたれど未だも明るかる池辺に寺の鐘の音届き来《く》

三宝寺池の辺りの茶店はも昭和の昔と変はらずにあり

夜に入りて暗き池辺の水神社に拝《をろが》みをれば涙あふれ来

薄暗き池辺にをれば安けかり今宵は唯に眠らむと思ふ

高野山参り

標高は九百米天空の聖地と言はるる高野山はも

高野山に着けば雨のざんざんと降りゐて十一月半ばの寒し

宿坊の窓一面に庭園の楓もみぢの紅映ゆる

み仏の供へなるべし高野山のそちこちに高野槙売られをりけり

今もなほお大師様の生きますとふ奥の院への参道を行く

高野山奥の院の燈籠堂地下にぞありて現なく立つ

若き日に師と詣でにし霊場の石手寺もありお砂踏み処

各も各も提灯を下げお逮夜に御廟へ参る催しのあり

持明院

お逮夜に御廟を詣で帰るさの木の間ゆ見ゆる月の円けし

一言主神社

布見子師のかつて詠ましし歌に知る一言主《ひとことぬし》神社は何処にありや

一言主神社に共に参らむとこの朝不意にメール届きぬ

見えざる手に誘はるるごと常陸なる一言主神社に参らむとする

一言主神社に参る車窓にし日の差し来り虹の立つ見ゆ

昨夜の雨に濡るる参道に朱著き楓紅葉の張り付きてあり

大和なる葛城山ゆ光《くわう》となり一言主神《ひとことぬしのかみ》ここに降りしと

降りましし神は三岐《みつまた》の竹となりここな常陸に鎮まりましし と

三岐の竹を祀る故サキクサの縁にここに誘《いざな》はれしか

参道に菊の花売る媼ゐて常陸人なる亡き祖母思ほゆ

『三つの雲』五五〇首・完

あとがき

サキクサに入会させていただきましたのは昭和五十七年（一九八二年）、大学生の時でした。以来三十五年間、ずっと大塚布見子主宰のご指導のもと歌を詠み続けてまいりました。

歌歴三十五年にして初めて歌集を上梓するというのは同人の中ではかなり遅く、いよいよ自らの歌集を編もうと思い立ってから完成までに三年の月日がかかりました。三千首に及ぶ中から載せたい歌を選ぶ作業がまことに困難を極めたからです。

三十五年という長い年月には、大学院生活、結婚、出産、子育て、そして夫の急逝から社会に出て活動するようになった現在に至るまでのものすごくたくさんの人生体験が詰まっています。その時々を詠んだ膨大な作品群を振り返りますと、色々な感情が湧いてきて、なかなか一巻に編むまでに至らず、何度も挫折を繰り返しました。その間、何度も主宰には懇切なご指導、ご助言をいただき、このたびやっと一巻にまとめることができました。その上、お忙しいなか身に余る序文を賜りまして大変有難うございました。

私の人生はとても平凡です。今日まで世に遺すような何物をも成し得てはおらず、ただ生きてきただけだというコンプレックスをずっと持ち続けてきました。ですが、このたび大変な難産の末にこうして自らの歌集を上梓できますことで、歌を続けてきて本当に良かったと心から思いました。一つ一つの歌から、私の生きた一瞬一瞬が生き生きと甦ってくるからです。そこにはその時々を懸命に生きた私の命の輝きが証されており、歌の持つちからに驚きと畏敬の念を禁じえません。サキクサという心の共通の広場があればこそ味わうことのできた喜びです。

書名は風の章の「三《み》つの雲」一連から取りました。ある夕方ふと空を見上げましたら三つの峰をなしてつながっている雲が浮かんでいました。なんとなく心ひかれて眺めていたら、その雲は黄金の夕日が輝く大空を少しずつ移動しながら、それぞれの雲の峰がついたり離れたり、消えそうになったり、はたまた新しい小さな雲が生まれたりしていて、あたかも連綿と命をつないでいく家族の歴史を見るように感じられました。それぞれの雲の峰の一つは亡き夫であり、また一つは夫を頼りに生きてきた自分と、夫の死後ためらいながらも新たな道を歩もうとしている自分でもあり、またもう一つは未来に向かって新しい歴史を築いていく息子であるように感じられたのです。殊更に意識したことはありませんでしたが、こうして一巻を編んでみて私の歌の源泉は家族だったということに気づかされました。それが「三つの雲」を書名とした由来です。さらには、「三」という数が三枝《さきくさ》の三《み》つに三つにと枝分かれして繁茂してゆくように歌の輪のひろがることを願った「サキクサ」という歌誌名の由来に通じますのであやからせていただきました。また、巻末に最も近詠の「一言主神社」を配しましたが、奇しくもそこは三岐《みつまた》の竹となって降臨した神を祀っており、ここでもサキクサとの深い縁《えにし》を感じました。

私の作歌の歴史は一にも二にもサキクサに拠ります。このサキクサという心の共通の広場を支え続けてくださっている主宰と、サキクサ入門当時の若い私をお導きくださった故大塚雅春先生に心より感謝申し上げます。

また、亡き夫と楽しい歌材を提供してくれた一人息子、そしていつも応援してくれている両親に感謝を捧げます。

最後になりましたが、出版にあたり労をおとりいただきました現代短歌社の道具武志社長、今泉洋子様ほか社中の皆様に心より御礼申し上げます。

平成二十八年　七夕の日に

一ノ瀬理香

歌集 三つの雲 サキクサ叢書第127篇

平成28年11月８日　発行

著　者　　一ノ瀬理香
〒165-0033 東京都中野区若宮3-58-7-113
発行人　　道具武志
印　刷　　㈱キャップス
発行所　　**現代短歌社**
〒113-0033 東京都文京区本郷1-35-26
振替口座　00160-5-290969
電　　話　03（5804）7100

定価2500円（本体2315円＋税）
ISBN978-4-86534-186-7 C0092 ¥2315E